*En tus leyes me regocijo como
quien descubre un gran tesoro.*

SALMOS 119.162

Mi Pequeño Libro de Promesas

Ilustraciones por
Stephanie McFetridge Britt

Compilado por Brenda C. Ward

BETANIA

Título en inglés: My Little Bible Promises
©1994 Word Publishing. Las ilustraciones ©1994
Stephanie McFetridge Britt.

Los pasajes bíblicos fueron tomados de La Biblia
al Día, ©1979 Living Bible International.

Traductora: A. G. Rodríguez
ISBN: 0-88113-592-5

Reservados todos los derechos. Prohibida la
reproducción total o parcial de esta obra sin la
debida autorización por escrito de los editores.

Printed in Minsk, Belarus.
Impreso en Minsk, Bielorrusia

«ПРИНТКОРП». ЛП № 347 от 11.05.99 г. Зак. 2013С. Тир. 12500. Минск 2000.

CONTENIDO:

Dios estará contigo 11

Dios te guiará 25

Dios te cuidará 39

Dios te bendecirá 49

Dios te perdonará.............................61

Dios te contestará 73

Dios siempre te amará 85

Dios
estará
contigo

De una cosa podrán estar seguros: Estaré con ustedes siempre, hasta el fin del mundo.

Mateo 28.20

Acérquense a Dios y Él se acercará a ustedes.

Santiago 4.8

Me hallarán cuando me busquen, si de corazón me buscan.

Jeremías 29.13

Me has dejado saborear los gozos de la vida y los exquisitos placeres de tu presencia eterna.

Salmos 16.11

Viviré en ellos y caminaré entre ellos, y seré su Dios, y ellos serán mi pueblo.

2 Corintios 6.16

Todos los que conocen tu
misericordia, Señor, contarán
contigo para que los auxilies
pues jamás has abandonado a
quienes en ti confían.

Salmos 9.10

Dios
te
guiará

Yo te instruiré, dice el Señor, y te guiaré por el camino mejor para tu vida; yo te aconsejaré y observaré tu progreso.

Salmos 32.8

Oh Jehová, tú eres mi luz;
tú haces que mis tinieblas
resplandezcan.

2 Samuel 22.29

No tengas miedo porque Jehová irá delante de ti y estará contigo. Él no te desamparará; no temas ni te intimides.

Deuteronomio 31.8

Este gran Dios es nuestro Dios por los siglos de los siglos. Él será nuestro guía hasta que muramos.

Salmos 48.14

Has conducido al pueblo que redimiste. En tu gracia misericordiosa lo guiaste hasta tu santa tierra.

Éxodo 15.13

Cuando el Espíritu Santo rige nuestras vidas, produce en nosotros amor, gozo, paz, paciencia... Si ahora vivimos por el poder del Espíritu Santo, sigamos la dirección del Espíritu Santo en cada aspecto de nuestra vida.

Gálatas 5.22-25

Dios
te cuidará

Lleva tus cargas al Señor, Él las llevará sobre sí.

Salmos 55.22

Sólo en el Señor confiamos para que nos salve. Sólo Él puede ayudarnos; nos protege como escudo.

Salmos 33.20

Tú eres mi refugio en todas las tormentas de la vida; tú quien me guarda de meterme en problemas. Tú me rodeas de cantos de victoria.

Salmos 32.7

Fíjate en los pájaros, que no siembran ni cosechan ni andan guardando comida, y tu Padre celestial los alimenta. ¡Para Él tú vales más que cualquier ave!

Mateo 6.26

Dios te bendecirá

¡Dichosos los de limpio corazón, porque verán a Dios!

Mateo 5.8

Tú ensanchas mis caminos
y aseguras mis pasos, para
que mis pies no resbalen.

2 Samuel 22.37

Todo lo bueno y perfecto
desciende de Dios.

Santiago 1.17

¡Dichosos los que luchan por la paz, porque serán llamados hijos de Dios!

Mateo 5.9

Los que aman tus leyes tienen profunda paz en el corazón y la mente, y no tropiezan.

Salmos 119.165

Dios te
perdonará

Tu Padre celestial te perdonará si perdonas a los que te hacen mal.

Mateo 6.14

Señor, tú tienes presentes nuestros pecados, ¿quién podrá jamás obtener respuesta a sus plegarias? ¡Pero tú perdonas! ¡Qué imponente realidad!

Salmos 130.3-4

Y los profetas afirmaron que cualquiera que crea en Él, alcanzará el perdón de los pecados en virtud de su nombre.

Hechos 10.43

Sean benignos y perdonen; no guarden rencor. Si el Señor los perdonó, están ustedes en el deber de perdonar.

Colosenses 3.13

Pero si confesamos a Dios nuestros pecados, podemos estar seguros de que ha de perdonarnos y limpiarnos de toda maldad.

1 Juan 1.9

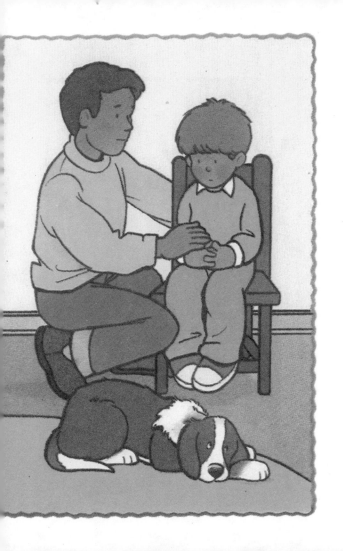

Dios te contestará

Pide y se te concederá lo que pidas. Busca y hallarás. Toca y te abrirán.

Mateo 7.7

Los ojos del Señor observan detenidamente a los que viven como se debe, y pone atención cuando claman a Él.

Salmos 34.15

Él nos oye cuando le hablamos y cuando le presentamos nuestras peticiones podemos estar seguros de que nos contestará.

1 Juan 5.15

Espera al Señor; Él acudirá
y te salvará.

Salmos 27.14

Él escuchará las oraciones de los menesterosos, pues nunca está demasiado atareado para oír sus peticiones.

Salmos 102.1⌐

Dios
siempre
te amará

Oro que puedan sentir y entender la grandeza del amor de Dios, aunque es tan grande que nunca podremos entenderlo bien.

Efesios 3.18,19

Cuánto nos ama el Padre celestial que permite que seamos llamados hijos de Dios.

1 Juan 3.1

Tres cosas permanecerán: la fe, la esperanza y el amor. Pero lo más importante de estas tres cosas es el amor.

1 Corintios 13.13

Den gracias al Señor, porque Él es bueno; su amorosa bondad permanece para siempre.

Salmos 136.1